Perverzne Sestre

Perverzne Sestre

Aldivan Torres

CONTENTS

1. Perverzne Sestre   1

Perverzne Sestre

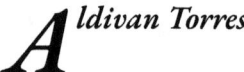
ldivan Torres

Perverzne Sestre

Autor: ***Aldivan Torres***
2020- Aldivan Torres
Sva prava pridržana

Ova knjiga, uključujući sve njezine dijelove, zaštićena je autorskim pravima i ne može se reproducirati bez dopuštenja autora, preprodaje se ili prenosi.

-

Aldivan Torres, Vidovnjak, književni je umjetnik. Obećava svojim spisima da će oduševiti javnost i odvesti ga do užitaka užitka. Seks je jedna od najboljih stvari koje postoje.

Predanost i hvala

Ovu erotsku seriju posvećujem svim ljubiteljima seksa i pokvarenjaci poput mene. Nadam se da ću ispuniti očekivanja svih ludih umova. Počinjem ovaj posao ovdje s uvjerenjem da će Amelinha, Belinha i njihovi prijatelji ući u povijest. Bez daljnjeg odugovlačenja, topli zagrljaj mojim čitateljima.

Vješto čitanje i puno zabave.
S ljubavlju, autor.

Predstavljanje

Amelinha i Belinha su dvije sestre rođene i odrasle u unutrašnjosti Pernambuco. Kćeri poljoprivrednih očeva rano su znale kako se suočiti s žestokim poteškoćama u životu na selu s osmijehom na licu. Time su dostigli svoja osobna osvajanja. Prvi je revizor javnih financija, a drugi, manje inteligentan, općinski učitelj osnovnog obrazovanja u Arcoverde.

Iako su profesionalno sretni, njih dvoje imaju ozbiljan kronični problem u vezi s vezama jer nikada nisu pronašli svog princa šarmantnog, što je san svake žene. Najstarija, Belinha, došla je živjeti s muškarcem neko vrijeme. Međutim, izdano je ono što je u njegovom malom srcu generiralo nepopravljive traume. Bila je prisiljena rastati se i obećala si je da više nikada neće patiti zbog muškarca. Amelinha, nesretna stvar, ona ne može ni da se zaručimo. Tko se želi oženiti Amelinha? Ona je drska smeđokosa osoba, mršava, srednje visine, očiju boje meda, srednje stražnjice, grudi poput lubenice, prsa definirana izvan zadivljujućeg osmijeha. Nitko ne zna koji joj je pravi problem, ili oboje.

U odnosu na njihov međuljudski odnos, blizu su dijeljenja tajni između njih. Budući da je Belinha izdao nitkov, Amelinha je podnijela bolove svoje sestre i krenula se igrati s muškarcima. Njih dvoje postali su dinamičan dvojac poznat kao "Perverzne sestre". Unatoč tome, muškarci vole biti njihove igračke. To je zato što ne postoji ništa bolje od ljubavi prema Belinha i Amelinha čak ni na trenutak. Hoćemo li zajedno upoznati njihove priče?

Perverzne Sestre
Perverzne Sestre
Predanost i hvala
Predstavljanje
Crnac
Vatra
Liječničko savjetovanje
Privatna lekcija
Test natjecanja
Povratak učitelja
Manični klaun
Obilazak grada Pesqueira

Crnac

Amelinha i Belinha, kao i veliki profesionalci i ljubavnici, lijepe su i bogate žene integrirane u društvene mreže. Osim samog spola, oni također nastoje steći prijatelje.

Jednom je čovjek ušao u virtualni chat. Nadimak mu je bio "Crni čovjek". U ovom trenutku ubrzo je drhtala jer je voljela crnce. Legenda kaže da imaju neosporni šarm.

" Halo, prekrasno! "Zvali ste blagoslovljenog crnca.

" Halo, u redu? ", odgovorila je intrigantna Belinha.

" Sve super. Želim vam laku noć!

" Laku noć. Volim crnce!

" Ovo me sada duboko dirnulo! No, postoji li poseban razlog za to? Kako se zoveš?

" Pa, razlog je što moja sestra i ja volimo muškarce, ako me razumijete. Što se imena tiče, iako je ovo vrlo privatno okruženje, nemam što skrivati. Moje ime je Belinha. Drago mi je.

" Zadovoljstvo je samo moje. Moje ime je Flavius, i ja sam istinski dobar!

" Osjetio sam čvrstinu u njegovim riječima. Misliš da je moja intuicija točna?

" Na to sada ne mogu odgovoriti jer bi to okončalo cijelu misteriju. Kako se zove tvoja sestra?

" Njeno ime je Amelinha.

" Amelinha! Prekrasno ime! Možete li se fizički opisati?

" Plavuša sam, visoka, snažna, duga kosa, velika stražnjica, srednje grudi i imam skulpturalno tijelo. I ti?

" Crna boja, visoka jedan metar i osamdeset centimetara, jaka, pjegava, ruke i noge debele, uredne, opečene kose i definiranih lica.

" Joj! Jao! Uzbuđujete me!

" Ne brini o tome. Tko me poznaje, nikad ne zaboravlja?

" Želiš li me sada izluditi?

" Žao mi je zbog toga, dušo! To je samo da dodamo malo šarma našem razgovoru.

" Koliko imaš godina?

" 25 godina i tvoje?

" Imam trideset i osam godina, a moja sestra trideset i četiri. Unatoč razlici u godinama, izuzetno smo bliski. U djetinjstvu smo se ujedinili kako bismo prevladali poteškoće. Kad smo bili tinejdžeri, dijelili smo svoje snove. A sada, u odrasloj dobi, dijelimo naša postignuća i frustracije. Ne mogu živjeti bez nje.

" Super! Taj tvoj osjećaj je nevjerojatno lijep. Imam potrebu da vas upoznam oboje. Je li ona zločesta kao i ti?

" Na učinkovit način, ona je najbolja u onome što radi. Vrlo pametna, lijepa i pristojna. Moja prednost je što sam pametniji.

" Ali ne vidim problem u tome. Volim oboje.

" Da li ti se stvarno sviđa? Amelinha je posebna žena. Ne zato što mi je sestra, nego zato što ima ogromno srce. Malo mi ju je žao jer nikad nije dobila mladoženju. Znam da joj je san da se uda. Pridružila mi se u ustanku jer me izdao moj suputnik. Od tada tražimo samo brze odnose.

" Potpuno razumijem. I ja sam perverznija. Međutim, nemam poseban razlog. Samo želim uživati u mladosti. Činite se kao sjajni ljudi.

" Hvala vam puno. Jesi li stvarno iz Arcoverde?

" Da, ja sam iz centra grada. I ti?

" Iz četvrti sveti Kristofor.

" Super. Živite li sami?

" Da. Blizu autobusne stanice.

" Možete li dobiti posjet od čovjeka danas?

" Voljeli bismo. Ali morate upravljati oboje. U redu?

" Ne brini, ljubavi. Mogu izdržati do tri.

" Ah, da! Istinit!

" Bit ću tamo. Možete li objasniti lokaciju?

" Da. Bit će mi zadovoljstvo.

" Znam gdje je. Dolazim gore!

Crnac je napustio sobu, a Belinha također. Iskoristila je to i preselila se u kuhinju gdje je upoznala sestru. Amelinha je prala prljavo posuđe za večeru.

" Laku noć tebi, Amelinha. Nećete vjerovati. Pogodite tko dolazi.

" Nemam pojma, sestro. Tko?

" Flavius. Upoznala sam ga u virtualnoj chat sobi. On će biti naša zabava danas.

" Kako izgleda?

" To je Crnac. Jesi li ikad zastao i pomislio da bi to moglo biti lijepo? Jadnik ne zna za što smo sposobni!

" To je stvarno sestra! Dopustite nam da ga dokrajčimo.

" On će pasti, sa mnom! ", rekao je Belinha.

" Ne! Bit će sa mnom ", odgovorila je Amelinha.

" Jedno je sigurno: s jednim od nas će pasti" zaključio je Belinha.

" To je istina! Kako bi bilo da sve pripremimo u spavaćoj sobi?

" Dobra ideja. Ja ću vam pomoći!

Dvije nezasitne lutke otišle su u sobu ostavljajući sve organizirano za dolazak muškarca. Čim završe, čuju zvono.

" Je li to on, sestro? ", upitala je Amelinha.

" Pogledajmo zajedno! (Belinha)

" Ajde! Amelinha se složila.

Korak po korak, dvije žene su prolazile kroz vrata spavaće sobe, prolazile pored blagovaonice, a zatim stigle u dnevni boravak. Odšetali su do vrata. Kad ga otvore, nailaze na Flavius šarmantan i muževan osmijeh.

" Laku noć! Dobro? Ja sam Flavius.

" Laku noć. Dobrodošao si. Ja sam Belinha koja je razgovarala s tobom na kompjuteru i ova slatka djevojka pored mene je moja sestra.

" Drago mi je što smo se upoznali, Flavius! ", rekla je Amelinha.

" Drago mi je što smo se upoznali. Mogu li ući?

" Naravno! "Dvije žene su odgovorile u isto vrijeme.

Pastuh je imao pristup sobi promatrajući svaki detalj dekoracije. Što se događalo u tom kipućem umu? Posebno ga je dirnuo svaki od tih ženskih primjeraka. Nakon nekog trenutka, pogledao je duboko u oči dviju kurvi govoreći:

" Jeste li spremni za ono što sam došao učiniti?

" Spremni "Afirmirali su ljubavnike!

Trojac se snažno zaustavio i prošetao dugim putem do veće prostorije kuće. Zatvarajući vrata, bili su sigurni da će raj otići k vragu za nekoliko sekundi. Sve je bilo savršeno: raspored ručnika, seksualnih igračaka, pornografija film koji se igra na stropnoj televiziji i romantična glazba živahna. Ništa ne može oduzeti zadovoljstvo sjajne večeri.

Prvi korak je sjediti pored kreveta. Crnac je počeo skidati odjeću dviju žena. Njihova požuda i žeđ za seksom bila je toliko velika da su izazvali malu tjeskobu kod tih slatkih dama. Skidao je majicu pokazujući prsni koš i trbuh dobro razrađen svakodnevnim vježbanjem u teretani. Vaše prosječne dlake diljem ove regije izazvale su uzdahe djevojaka. Nakon toga skinuo je hlače dopuštajući pogled na donje rublje posljedično pokazujući njegov volumen i muškost. U to im je vrijeme dopustio da dodiruju organ, čineći ga uspravnim. Bez tajni, bacio je donje rublje pokazujući sve što mu je Bog dao.

Bio je dugačak dvadeset i dva centimetra, promjera 14 centimetara dovoljno da ih izludi. Bez gubljenja vremena, pali su na njega. Počeli su s predigrom. Dok joj je jedna progutala kurac u ustima, druga je lizala vrećice skrotuma. U ovoj operaciji, prošlo je tri minute. Dovoljno dugo da budem potpuno spreman za seks.

Tada je počeo prodirati u jedno, a zatim u drugo bez sklonosti. Čest tempo seks izazvao je uzdisanje, krikove i višestruke orgazme nakon čina. Bilo je 30 minuta vaginalnog seksa. Svaki pola vremena. Zatim su zaključili oralnim i analnim seksom.

Vatra

Bila je hladna, tamna i kišna noć u glavnom gradu svih zabiti Pernambuco. Bilo je trenutaka kada su prednji vjetrovi dosezali sto kilometara na sat plašeći jadne sestre Amelinha i Belinha. Dvije perverzne sestre susrele su se u dnevnom boravku svoje jednostavne rezidencije u četvrti sveti Kristofor. Bez ičega za raditi, sretno su razgovarali o općim stvarima.

" Amelinha, kakav ti je bio dan u uredu na farmi?

" Ista stara stvar: organizirao sam porezno planiranje porezne i carinske uprave, upravljao plaćanjem poreza, radio u prevenciji i borbi protiv utaje poreza. To je zahtjevan posao i dosadan. Ali nagrađivanje i dobro plaćeno. I ti? Kakva ti je bila rutina u školi? ", upitala je Amelinha.

" U razredu sam prošao sadržaj koji vodi učenike na najbolji mogući način. Ispravio sam greške i uzeo dva mobitela učenika koji su ometali nastavu. Također sam davao satove ponašanja, držanja, dinamike i korisnih savjeta. U svakom slučaju, osim što sam učiteljica, ja sam njihova majka. Dokaz tome je da sam se na pauzi infiltrirao u razred učenika i, zajedno s njima, igrali smo, i trčanje. Po mom mišljenju, škola je naš drugi dom i moramo paziti na prijateljstva i ljudske veze koje imamo iz nje", odgovorio je Belinha.

" Briljantno, moja mlađa sestra. Naši radovi su sjajni jer pružaju važne emocionalne i interakcijske konstrukcije među ljudima. Nijedan čovjek ne može živjeti u izolaciji, a kamoli bez psiholoških i financijskih resursa", analizira Amelinha.

" Slažem se. Rad nam je bitan jer nas čini neovisnima o prevladavajućem seksističkom carstvu u našem društvu ", rekao je Belinha.

" Točno. Nastavit ćemo u svojim vrijednostima i stavovima. Čovjek je dobar samo u krevetu", primijetila je Amelinha.

" Kad smo već kod ljudi, što misliš o Christianu? ", upitao je Belinha.

" Ispunio je moja očekivanja. Nakon takvog iskustva, moji instinkti i moj um uvijek traže više stvaranja unutarnjeg nezadovoljstva. Kakvo je vaše mišljenje? ", upitala je Amelinha.

" Bilo je dobro, ali osjećam se i kao ti: nepotpuno. Suha sam od ljubavi i seksa. Želim sve više. Što imamo za danas? ", rekao je Belinha.

" Ponestalo mi je ideja. Noć je hladna, mračna i mračna. Čujete li buku vani? Puno je kiše, intenzivnih vjetrova, munja i grmljavine. Bojim se! ", rekla je Amelinha.

" I ja! ", priznao je Belinha.

U ovom trenutku, gromoglasni grom se čuje diljem Arcoverde. Amelinha skače u krilo Belinha koja vrišti od boli i očaja. U isto vrijeme, nedostaje struje, što ih oboje čini očajnima.

" Što sada? Što ćemo s Belinha? ", upitala je Amelinha.

" Skini se sa mene, kujo! Uzet ću svijeće! ", rekla je Belinha. Belinha nježno je gurnula sestru na stranu kauča dok je pipkala zidove kako bi došla do kuhinje. Budući da je kuća mala, ne treba dugo da se završi ova operacija. Koristeći takt, uzima svijeće u ormaru i pali ih šibicama strateški postavljenim na vrh peći.

Paljenjem svijeće mirno se vraća u sobu u kojoj upoznaje sestru s tajanstvenim osmijehom širom otvorenim na licu. Što je naumila?

" Možeš se ispuhati, sestro! Znam da nešto misliš" rekao je Belinha.

" Što ako pozovemo gradske vatrogasce koji upozoravaju na požar? Rekla je Amelinha.

" Da razjasnimo. Želiš li izmisliti izmišljenu vatru da namamiš ove ljude? Što ako nas uhite? "Belinha se bojala.

" Moj kolega! Siguran sam da će im se svidjeti iznenađenje. Što bolje moraju raditi u mračnoj i dosadnoj noći kao što je ova? ", rekla je Amelinha.

" U pravu ste. Zahvalit će vam na zabavi. Razbit ćemo vatru koja nas proždire iznutra. Sada se postavlja pitanje: Tko će imati hrabrosti nazvati ih? ", upitao je Belinha.

" Vrlo sam sramežljiva. Ovaj zadatak prepuštam tebi, sestre moja", rekla je Amelinha.

" Uvijek ja. U redu. Što god da se dogodi Amelinha. – zaključio je Belinha.

Ustajući s kauča, Belinha odlazi do stola u kutu gdje je postavljen mobitel. Nazvala je broj vatrogasaca za hitne slučajeve i čeka odgovor. Nakon nekoliko dodira čuje dubok, čvrst glas koji govori s druge strane.

" Laku noć. Ovo su vatrogasci. Što hoćeš?

" Moje ime je Belinha. Živim u četvrti sveti Kristofor ovdje u Arcoverde. Moja sestra i ja smo očajne sa svom tom kišom. Kada je struja izašla ovdje u našoj kući, uzrokovala kratki spoj, počevši zapaliti predmete. Srećom, moja sestra i ja smo izašli. Vatra polako proždire kuću. Potrebna nam je pomoć vatrogasaca", rekla je potresena djevojka.

" Polako, prijatelju. Uskoro ćemo doći. Možete li dati detaljne informacije o svojoj lokaciji? ", upitao je dežurni vatrogasac.

" Moja kuća je točno na Centralnoj aveniji, treća kuća s desne strane. Je li to u redu s tobom?

" Znam gdje je. Bit ćemo tamo za nekoliko minuta. Budite mirni", rekao je vatrogasac.

" Čekamo. Hvala! "Hvala ti Belinha.

Vrativši se na kauč sa širokim osmijehom, njih dvoje su pustili jastuke i šmrkali od zabave koju su radili. Međutim, to se ne preporučuje učiniti osim ako nisu bile dvije kurve poput njih.

Desetak minuta kasnije čuli su kucanje na vrata i otišli se javiti. Kad su otvorili vrata, suočili su se s tri čarobna lica, od kojih je svako imalo svoju karakterističnu ljepotu. Jedan je bio crn, visok dva metra, noge i ruke srednje. Drugi je bio mračan, jedan metar i devedeset visok, mišićav i skulpturalan. Treći je bio bijel, kratak, tanak, ali vrlo drag. Bijelac se želi predstaviti:

" Bok, dame, laku noć! Moje ime je Roberto. Ovaj čovjek iz susjedstva zove se Matthew i smeđi čovjek, Philip. Kako se zovete i gdje je vatra?

" Ja sam Belinha, razgovarao sam s vama telefonom. Ova smeđokosa osoba ovdje je moja sestra Amelinha. Uđite i objasnit ću vam.

" U redu. Primili su tri vatrogasca u isto vrijeme.

Kvintet je ušao u kuću i sve se činilo normalnim jer se struja vratila. Smjestili su se na kauču u dnevnoj sobi zajedno s djevojkama. Sumnjivo, oni vode razgovor.

" Vatra je gotova, zar ne? ", upitao je Matthew.

" Da. Već ga kontroliramo zahvaljujući herojskom naporu", objasnila je Amelinha.

" Šteta! Htio sam raditi. Tamo u vojarni rutina je tako monotona ", kazao je Filipe.

" Imam ideju. Što kažete na rad na ugodniji način? ", predložio je Belinha.

" Misliš da si ono što mislim? ", ispitivao je Filipe.

" Da. Mi smo slobodne žene koje vole zadovoljstvo. Raspoložen za zabavu? ", upitao je Belinha.

" Samo ako sada odeš", odgovorio je crnac.

"I ja sam unutra" potvrdio je Brown Man.
"Čekaj me" Bijeli dečko je dostupan.
"Dakle, idemo", rekle su djevojke.
Kvintet je ušao u sobu dijeleći bračni krevet. Onda su počele seksualne orgije. Belinha i Amelinha izmjenjivale su se kako bi prisustvovale užitku trojice vatrogasaca. Sve je izgledalo čarobno i nije bilo boljeg osjećaja nego biti s njima. S različitim darovima doživjeli su seksualne i pozicijske varijacije stvarajući savršenu sliku.

Djevojke su izgledale nezasitne u svom seksualnom žaru što je izluđivalo te profesionalce. Proveli su cijelu noć eksajući se i činilo se da zadovoljstvo nikada nije završilo. Nisu otišli dok nisu dobili hitan poziv s posla. Dali su otkaz i otišli odgovoriti na policijsko izvješće. Unatoč tome, nikada ne bi zaboravili to prekrasno iskustvo uz "Perverzne sestre".

Liječničko savjetovanje

Svanulo je na prekrasnoj prijestolnici. Obično su se dvije perverzne sestre rano budile. Međutim, kad su ustali, nisu se osjećali dobro. Dok je Amelinha kihala, njezina sestra Belinha osjećala se pomalo ugušeno. Te su činjenice došle iz prethodne noći na Virginia Ratni trg gdje su pili, ljubili se u usta i skladno šmrkali u mirnoj noći.

Kako se nisu osjećali dobro i bez snage ni za što, vjerski su sjedili na kauču razmišljajući što učiniti jer su profesionalne obveze čekale da se riješe.

"Što da radimo, sestro? Potpuno sam ostao bez daha i iscrpljen" rekao je Belinha.

" Pričaj mi o tome! Imam glavobolju i počinjem dobivati virus. Izgubljeni smo! ", rekla je Amelinha.

" Ali mislim da to nije razlog za izostanak s posla! Ljudi ovise o nama! ", rekao je Belinha

" Smirite se, nemojmo paničariti! Kako bi bilo da se pridružimo lijepom? ", predložila je Amelinha.

" Nemoj mi reći da misliš ono što ja mislim..." "Belinha je bila zaprepaštena.

" Tako je. Idemo zajedno liječniku! To će biti odličan razlog da izostanemo s posla i tko zna ne događa se ono što želimo! ", rekao je Amelinha

" Odlična ideja! Što čekamo? Pripremimo se! ", upitao je Belinha.

" Ajde! "Amelinha se složila.

Njih dvojica otišli su u svoje ograđene prostore. Bili su tako uzbuđeni zbog odluke; nisu ni izgledali bolesno. Je li sve to bio samo njihov izum? Oprostite mi, čitatelju, nemojmo loše misliti o našim dragim prijateljima. Umjesto toga, pratit ćemo ih u ovom uzbudljivom novom poglavlju njihovih života.

U spavaćoj sobi kupali su se u svojim apartmanima, oblačili novu odjeću i obuću, češljali dugu kosu, oblačili francuski parfem, a zatim otišli u kuhinju. Tamo su razbili jaja i sir puneći dvije štruce kruha i jeli ohlađenim sokom. Sve je bilo nevjerojatno ukusno. Unatoč tome, čini se da to nisu osjetili jer su tjeskoba i nervoza pred liječničkim pregledom bili ogromni.

Sa svime spremnim, napustili su kuhinju kako bi izašli iz kuće. Sa svakim korakom koji su poduzeli, njihova mala srca vrvjela su emocijama razmišljajući u potpuno novom iskustvu. Blagoslovljeni bili svi! Optimizam ih je zavladao i bio je nešto što su drugi trebali slijediti!

S vanjske strane kuće odlaze u garažu. Otvarajući vrata u dva pokušaja, stoje ispred skromnog crvenog automobila. Unatoč dobrom ukusu za automobile, preferirali su popularne od klasika iz straha od uobičajenog nasilja prisutnog u svim brazilskim regijama.

Bez odgađanja, djevojke ulaze u automobil dajući izlaz nježno, a zatim jedna od njih zatvara garažu vraćajući se u automobil odmah nakon toga. Tko vozi Amelinha s iskustvom već deset godina? Belinha još ne smije voziti.

Primjetno kratak put između njihovog doma i bolnice obavlja se sa sigurnošću, harmonijom i spokojem. U tom trenutku imali su lažni osjećaj da mogu učiniti bilo što. Kontradiktorno, bojali su se njegove lukavosti i slobode. I sami su bili iznenađeni poduzetim radnjama. Nisu ih za ništa manje zvali dronjastim dobrim gadovima!

Dolaskom u bolnicu zakazali su sastanak i čekali da ih pozovu. U tom vremenskom intervalu iskoristili su izradu grickalice i razmjenjivali poruke putem mobilne aplikacije sa svojim dragim seksualnim slugama. Ciničnije i veselije od ovih, bilo je nemoguće biti!

Nakon nekog vremena, njihov je red da budu viđeni. Nerazdvojni, ulaze u ured za njegu. Kad se to dogodi, liječnik gotovo doživi srčani udar. Ispred njih je bio rijedak komad muškarca: visoka plavokosa osoba, visoka jedan metar i devedeset centimetara, bradata, kosa koja tvori konjski rep, mišićave ruke i grudi, prirodna lica anđeoskog izgleda. Čak i prije nego što su mogli sastaviti reakciju, on poziva:

" Sjednite, oboje!

" Hvala vam! "Rekli su oboje.

Njih dvoje imaju vremena napraviti brzu analizu okoliša: Ispred servisnog stola liječnik, stolica u kojoj je sjedio i iza ormara. Na desnoj strani, krevet. Na zidu su ekspresionističke slike autora Cândido Portinari ja koje prikazuju čovjeka sa sela. Atmosfera je vrlo ugodna ostavljajući djevojke opuštenima. Atmosfera opuštanja prekinuta je formalnim aspektom savjetovanja.

" Recite mi što osjećate, djevojke!

To je zvučalo neformalno djevojkama. Kako je sladak bio taj plavokosi muškarac! Mora da je bilo ukusno jesti.

" Glavobolja, nelagoda i virus! ", rekao je Amelinha.

" Ostao sam bez daha i umoran! ", tvrdio je Belinha.

" Sve je u redu! Pustite me da pogledam! Lezite na krevet! ", pitao je liječnik.

Kurve su jedva disale na ovaj zahtjev. Profesionalac ih je natjerao da skinu dio odjeće i osjetio ih u raznim dijelovima što je izazvalo zimicu i hladno znojenje. Shvativši da s njima nema ništa ozbiljno, polaznik se našalio:

" Sve izgleda savršeno! Čega se želiš bojati? Injekcija u?

" Sviđa mi se! Ako je to velika i gusta injekcija još bolje! ", rekao je Belinha.

" Hoćeš li se polako prijaviti, ljubavi? ", rekla je Amelinha.

" Već tražiš previše! ", istaknuo je kliničar.

Pažljivo zatvarajući vrata, pada na djevojke poput divlje životinje. Prvo, skine ostatak odjeće s tijela. To još više izoštrava njegov libido. Budući da je potpuno gol, na trenutak se divi tim skulpturalnim bićima. Onda je njegov red da se pokaže.

Pobrinuo se da se skinu. To povećava međusobnu igru i intimnost između grupe.

Sa svime što je spremno, započinju pripreme seksa. Koristeći jezik u osjetljivim dijelovima poput anusa, magarca i uha plavuša uzrokuje mini orgazme užitka kod obje žene. Sve je išlo dobro čak i kad je netko nastavio kucati na vrata. Nema izlaza, mora odgovoriti. Malo ode i otvori vrata. Pritom nailazi na dežurnu medicinsku sestru: vitku rasnu osobu, tankih nogu i iznimno niske.

" Doktore, imam pitanje o pacijentovim lijekovima: je li to pet ili tristo miligrama aspirin? ", upitao je Roberto pokazujući recept.

" Petsto! ", potvrdio je Alex.

U ovom trenutku, medicinska sestra vidjela je stopala golih djevojaka koje su se pokušavale sakriti. Smijao se unutra.

" Šališ se malo, ha, doktore? Nemojte ni zvati svoje prijatelje!

" Oprostite! Želiš li se pridružiti bandi?

" Volio bih!

" Onda dođi!

Njih dvoje su ušli u sobu zatvarajući vrata iza sebe. Više nego brzo, dvije utrke osoba skinula je odjeću. Gol je pokazao svoj dugi, debeli, veni jarbol kao trofej. Belinha je bio oduševljen i ubrzo mu je davao oralni seks. Alex je također zahtijevao da Amelinha učini isto s njim. Nakon usmenog, počeli su analno. U ovom dijelu, Belinha je bilo izuzetno teško zadržati se za sestrin čudovišni penis. Ali kad je ušao u rupu, njihovo zadovoljstvo je bilo ogromno. S druge strane, nisu osjećali nikakve poteškoće jer im je penis bio normalan.

Tada su imali vaginalni seks u različitim položajima. Kretanje naprijed-natrag u šupljini uzrokovalo je halucinacije u njima. Nakon ove faze, četvorka se ujedinila u grupnom seksu. Bilo je to najbolje iskustvo u kojem su potrošene preostale energije. 15 minuta kasnije, oboje su bili rasprodani. Za sestre, seks nikada ne bi završio, ali dobro kao što su poštovane krhkost tih muškaraca. Ne želeći ometati njihov rad, prestali su uzimati potvrdu o opravdanosti posla i svog osobnog telefona. Otišli su potpuno pribrani, a da nikome nisu privukli pažnju tijekom prelaska bolnice.

Dolaskom na parkiralište ušli su u auto i krenuli natrag. Sretni kakvi jesu, već su razmišljali o svojim sljedećim seksualnim nestašlucima. Perverzne sestre su stvarno bile nešto!

Privatna lekcija

Bilo je to popodne kao i svako drugo. Pridošlice s posla, perverzne sestre bile su zauzete kućanskim poslovima. Nakon završetka svih zadataka, okupili su se u sobi kako bi se malo odmorili. Dok je Amelinha čitala knjigu, Belinha je koristila mobilni internet za pregledavanje svojih omiljenih web stranica.

U nekom trenutku, drugi vrišti naglas u sobi, što plaši njezinu sestru.

"Što je to, djevojko? Jesi lud?", upitala je Amelinha.

Upravo sam pristupio web stranici natjecanja sa zahvalnim iznenađenjem, obavijestio je Belinha.

"Recite mi više!

"Otvorene su registracije saveznog regionalnog suda. Pustiti nas da to učinimo?

"Dobra odluka, sestro moja! Kolika je plaća?

"Više od deset tisuća početnih dolara.

"Jako dobro! Moj posao je bolji. Međutim, ja ću napraviti natjecanje jer se pripremam za traženje drugih događaja. Poslužit će kao eksperiment.

"Dobro vam ide! Ohrabruješ me. Ne znam odakle da počnem. Možete li mi dati napojnice?

"Kupite virtualni tečaj, postavite puno pitanja na testnim stranicama, učinite i ponovite prethodne testove, napišite sažetke, gledajte savjete i preuzmite dobre materijale na internetu između ostalog.

"Hvala vam! Poslušat ću sve ove savjete! Ali treba mi nešto više. Gledaj, sestro, budući da imamo novca, kako bi bilo da platimo privatnu lekciju?

"Nisam razmišljao o tome. To je inovativna ideja! Imate li prijedloge za kompetentnu osobu?

"Imam vrlo kompetentnog učitelja ovdje iz Arcoverde u mojim telefonskim kontaktima. Pogledajte njegovu sliku!

Belinha je sestri dala mobitel. Vidjevši dječakovu sliku, bila je presretna. Osim zgodnog, bio je pametan! Bila bi to savršena žrtva para koji se pridružio korisnom ugodnom.

"Što čekamo? Uhvatite ga, sestro! Moramo uskoro učiti. ", rekla je Amelinha.

"Imaš ga! ", prihvatio je Belinha.

Ustajući s kauča, počela je birati brojeve telefona na brojčanoj pločici. Nakon što je poziv upućen, trebat će samo nekoliko trenutaka da se odgovori.

"Halo. Jesi dobro?
"Sve je super, Renato.
"Pošalji naređenja.
"Surfao sam internetom kada sam otkrio da su prijave za natječaj saveznog regionalnog suda otvorene. Odmah sam nazvao svoj um kao ugledni učitelj. Sjećaš li se školske sezone?
"Dobro se sjećam tog vremena. Dobra vremena oni koji se ne vrate!
"Tako je! Imate li vremena dati nam privatnu lekciju?
"Kakav razgovor, mlada damo! Za tebe uvijek imam vremena! Koji smo datum odredili?
"Možemo li to učiniti sutra u 14:00? Moramo početi!
"Naravno, imam! Uz moju pomoć ponizno kažem da se šanse za prolazak nevjerojatno povećavaju.
"Siguran sam u to!
"Kako dobro! Možeš me očekivati u 14:00.
"Hvala vam puno! Vidimo se sutra!
"Vidimo se kasnije!
Belinha je poklopio slušalicu i skicirao osmijeh za svog suputnika. Sumnjajući u odgovor, Amelinha je pitala:
"Kako je prošlo?
"Prihvatio je. Sutra u 14:00 će biti ovdje.
"Kako dobro! Živci me ubijaju!
"Samo se smiri, sestro! Sve će biti u redu.
"Amen!
"Hoćemo li pripremiti večeru? Već sam gladna!
"Dobro zapamćeno.!
Par je otišao iz dnevnog boravka u kuhinju gdje su u ugodnom okruženju razgovarali, igrali se, kuhali između ostalih

aktivnosti. Bile su to uzorne figure sestara ujedinjenih boli i usamljenošću. Činjenica da su bili gadovi u seksu samo ih je još više kvalificirala. Kao što svi znate, Brazilka ima toplu krv.

Ubrzo nakon toga, družili su se oko stola, razmišljajući o životu i njegovim promjenama.

"Jedući ovu ukusnu Pileća krema, sjećam se crnca i vatrogasaca! Trenuci koji kao da nikad ne prolaze! ", kazao je Belinha!

"Pričaj mi o tome! Ti momci su ukusni! Da ne spominjem sestru i doktora! I meni se svidjelo! "Sjetio se Amelinha!

"Istina, moja sestra! Imati prekrasan jarbol svaki muškarac postaje ugodan! Neka mi feministkinje oproste!

"Ne moramo biti tako radikalni...!

Njih dvoje se smiju i nastavljaju jesti hranu na stolu. Na trenutak, ništa drugo nije bilo važno. Bili su sami na svijetu i to ih je kvalificiralo kao božice ljepote i ljubavi. Jer najvažnije je osjećati se dobro i imati samopoštovanje.

Sigurni u sebe, nastavljaju u obiteljskom ritualu. Na kraju ove faze surfaju internetom, slušaju glazbu na stereo dnevnoj sobi, gledaju sapunice i, kasnije, pornografija film. Ova žurba ostavlja ih bez daha i umorne prisiljavajući ih da se odu odmoriti u svoje sobe. Nestrpljivo su čekali sljedeći dan.

Neće proći dugo prije nego što padnu u dubok san. Osim noćnih mora, noć i zora odvijaju se u granicama normale. Čim svane zora, ustaju i počinju slijediti normalnu rutinu: Kupka, doručak, posao, povratak kući, kupanje, ručak, drijemanje i preseljenje u sobu u kojoj čekaju zakazani posjet.

Kad čuju kucanje na vrata, Belinha ustaje i odlazi odgovoriti. Pritom nailazi na nasmiješenog učitelja. To mu je izazvalo dobro unutarnje zadovoljstvo.

"Dobrodošao natrag, prijatelju! Jeste li nas spremni naučiti?

"Da, vrlo, vrlo spreman! Hvala još jednom na ovoj prilici! ", rekao je Renato.

"Idemo unutra! - rekao je Belinha.

Dječak nije dobro razmislio i prihvatio je zahtjev djevojčice. Pozdravio je Amelinha i na njezin signal sjeo na kauč. Njegov prvi stav bio je skinuti crnu pletenu bluzu jer je bila prevruća. Time je ostavio dobro odrađenu prsnu pločicu u teretani, znoj koji kaplje i tamnoputo svjetlo. Svi ti detalji bili su prirodni afrodizijak za ta dva " pokvarenjaci ".

Pretvarajući se da se ništa ne događa, pokrenut je razgovor između njih troje.

"Jeste li pripremili dobar razred, profesore? ", upitala je Amelinha.

"Da! Počnimo s kojim člankom? ", upitao je Renato.

"Ne znam... ", rekla je Amelinha.

"Kako bi bilo da se prvo zabavimo? Nakon što si skinuo majicu, smočio sam se! ", priznala je Belinha.

"I ja sam", rekla je Amelinha.

"Vas dvoje ste stvarno seksualni manijaci! Nije li to ono što volim? ", rekao je majstor.

Ne čekajući odgovor, skinuo je plave traperice koje pokazuju primicah mišiće bedra, sunčane naočale koje pokazuju njegove plave oči i na kraju donje rublje koje pokazuje savršenstvo dugog penisa, srednje debljine i trokutaste glave. Bilo je dovoljno da male kurve padnu na vrh i počnu uživati u tom muževnom, veselom tijelu. Uz njegovu pomoć skinuli su odjeću i započeli pripreme za seks.

Ukratko, ovo je bio prekrasan seksualni susret u kojem su doživjeli mnoge nove stvari. Bilo je to četrdeset minuta divljeg seksa u potpunom skladu. U tim trenucima emocija je bila toliko velika da nisu ni primijetili vrijeme i prostor. Stoga su bili beskonačni kroz Božju ljubav.

Kad su stigli do ekstaze, malo su se odmorili na kauču. Zatim su proučavali discipline koje je naplatilo natjecanje. Kao učenici, njih dvoje bili su korisni, inteligentni i disciplinirani, što je zabilježio učitelj. Siguran sam da su bili na putu da odobre.

Tri sata kasnije prestali su obećavati nove studijske sastanke. Sretne u životu, perverzne sestre otišle su se pobrinuti za svoje druge dužnosti koje su već razmišljale o svojim sljedećim avanturama. U gradu su bili poznati kao "Nezasitni".

Test natjecanja

Prošlo je dosta vremena. Oko dva mjeseca perverzne sestre posvetile su se natjecanju prema raspoloživom vremenu. Svaki dan koji je prolazio, bili su sve spremniji za sve što je dolazilo i odlazilo. U isto vrijeme, bilo je seksualnih susreta i, u tim trenucima, oni su oslobođeni.

Testni dan je konačno stigao. Polazeći rano iz glavnog grada zaleđa, dvije sestre počele su hodati autocestom BR 232 ukupne rute od 250 km. Na putu su prošli pored glavnih točaka unutrašnjosti države: Pesqueira, prekrasan vrt, Sveti Kajetane, Caruaru, Gravatá, teladi i pobjeda svetog Anta. Svaki od tih gradova imao je priču za ispričati i iz svog iskustva potpuno su je upili. Kako je bilo dobro vidjeti planine, Atlantsku šumu, brazilska savana, farme, sela, male gradove i pijuckati čisti zrak koji dolazi iz šuma. Pernambuco je bio divna država!

Ulaskom u urbani perimetar glavnog grada slave dobru realizaciju Putovanja. Idite glavnom avenijom do dobrog putovanja u susjedstvu gdje bi obavili test. Na putu se suočavaju sa zagušenim prometom, ravnodušnošću stranaca, zagađenim zrakom i nedostatkom vodstva. Ali konačno su uspjeli. Ulaze u odgovarajuću zgradu, identificiraju se i započinju test koji bi trajao dva razdoblja. Tijekom prvog dijela testa potpuno su usredotočeni na izazov pitanja s višestrukim izborom odgovora. Pa, razrađena od strane banke odgovorne za događaj, potaknula je najrazličitije razrade njih dvoje. Prema njihovom mišljenju, dobro im je išlo. Kad su uzeli pauzu, izašli su na ručak i sok u restoran ispred zgrade. Ti su im trenuci bili važni kako bi održali svoje povjerenje, odnos i prijateljstvo.

Nakon toga su se vratili na mjesto testiranja. Tada je započelo drugo razdoblje događaja s pitanjima koja se bave drugim disciplinama. Čak i bez održavanja istog tempa, još uvijek su bili vrlo perceptivni u svojim odgovorima. Na taj su način dokazali da je najbolji način za prolazak natjecanja posvećivanje puno studijama. Nešto kasnije prekinuli su svoje samouvjereno sudjelovanje. Predali su dokaze, vratili se u automobil, krećući se prema plaži koja se nalazi u blizini.

Usput su svirali, palili zvuk, komentirali utrku i napredovali na ulicama Recife gledajući osvijetljene ulice glavnog grada jer je bila noć. Čude se viđenom spektaklu. Nije ni čudo što je grad poznat kao "glavni grad tropa". Sunce zalazi dajući okolišu još veličanstveniji izgled. Kako je lijepo biti tamo u tom trenutku!

Kada su došli do nove točke, približili su se obalama mora, a zatim se lansirali u njegove hladne i mirne vode. Isprovocirani osjećaj presretan je radošću, zadovoljstvom, zadovoljstvom i mirom. Gubeći pojam o vremenu, plivaju dok se ne umore. Nakon toga leže na plaži u zvjezdanom svjetlu bez ikakvog straha i brige. Magija ih je sjajno obuzela. Jedna riječ koja se koristila u ovom slučaju bila je "Nemjerljivo".

U nekom trenutku, s gotovo napuštenom plažom, postoji pristup dvojice muškaraca djevojaka. Pokušavaju ustati i trčati pred opasnošću. Ali zaustavljaju ih jake ruke dječaka.

" Polako, djevojke! Nećemo vas povrijediti! Tražimo samo malo pažnje i naklonosti! "Jedan od njih je progovorio.

Suočene s blagim tonom, djevojke su se smijale od emocija. Ako su htjeli seks, zašto ih ne bi zadovoljili? Bili su stručnjaci za ovu umjetnost. Odgovarajući na njihova očekivanja, ustali su i pomogli im da se skinu. Dostavili su dva kondoma i napravili striptiz. To je bilo dovoljno da izludi tu dvojicu.

Padajući na tlo, voljeli su se u parovima i njihovi pokreti su učinili da se pod trese. Dopustili su sebi sve seksualne varijacije i želje oboje. U ovom trenutku isporuke nisu marili ni za što ni za koga. Za njih su bili sami u svemiru u velikom ritualu ljubavi bez predrasuda. U seksu su bili potpuno isprepleteni stvarajući moć koja nikada nije viđena. Poput instrumenata, bili su dio veće sile u nastavku života.

Samo iscrpljenost ih tjera da prestanu. Potpuno zadovoljni, ljudi su dali otkaz i otišli. Djevojke se odluče vratiti u auto. Oni započinju svoje putovanje natrag u svoju rezidenciju. Pa, ponijeli su sa sobom svoja iskustva i očekivali dobre vijesti o natjecanju na kojem su sudjelovali. Zaslužili su najbolju sreću na svijetu.

Tri sata kasnije, vratili su se kući u miru. Zahvaljuju Bogu na blagoslovima koji su dani odlaskom na spavanje. Neki dan sam čekao još emocija za dva manijaka.

Povratak učitelja

Zora. Sunce izlazi rano sa svojim zrakama koje prolaze kroz pukotine prozora koje će milovati lica naših dragih komadića. Osim toga, fini jutarnji povjetarac pomogao je stvoriti raspoloženje u njima. Kako je bilo lijepo imati priliku za još jedan dan s Očevim blagoslovom. Polako, njih dvoje ustaju iz svojih kreveta u isto vrijeme. Nakon kupanja, njihov susret odvija se u krošnjama gdje zajedno pripremaju doručak. To je trenutak radosti, iščekivanja i ometanja dijeljenja iskustava u nevjerojatno fantastičnim vremenima.

Nakon što je doručak spreman, okupljaju se oko stola udobno sjedeći na drvenim stolicama s naslonom za stup. Dok jedu, razmjenjuju intimna iskustva.

Belinha

Moja sestra, što je to bilo?

Amelinha

Čista emocija! Još uvijek se sjećam svakog detalja tijela tih dragih kretena!
Belinha
I ja isto! Osjećao sam neizmjerno zadovoljstvo. Bilo je gotovo ekstrasenzorno.
Amelinha
Znam! Učinimo ove lude stvari češće!
Belinha
Slažem se!
Amelinha
Je li vam se svidio test?
Belinha
Svidjelo mi se. Umirem od želje da provjerim svoju izvedbu!
Amelinha
I ja isto!
Čim su završile s hranjenjem, djevojke su podigle mobitele pristupom mobilnom internetu. Otišli su na stranicu organizacije kako bi provjerili povratne informacije o dokazu. Zapisali su to na papir i otišli u sobu provjeriti odgovore.

Unutra su skočili od sreće kad su vidjeli dobru notu. Prošli su! Emocije koje se osjećaju trenutno se ne mogu suzbiti. Nakon što je puno slavio, ima najbolju ideju: Pozvati učitelja Renata kako bi mogli slaviti uspjeh misije. Belinha je opet zadužen za misiju. Podigla je slušalicu i nazvala.
Belinha
Pozdrav?
Renato
Bok, jesi li dobro? Kako si, slatka Belle?

Belinha
Dobro! Pogodite što se upravo dogodilo.
Renato
Nemojte mi reći da...
Belinha
Da! Prošli smo natjecanje!
Renato
Čestitam! Zar vam nisam rekao?
Belinha
Želim vam puno zahvaliti na suradnji u svakom pogledu. Razumijete me, zar ne?
Renato
Ja razumijem. Moramo nešto namjestiti. Po mogućnosti u tvojoj kući.
Belinha
To je upravo razlog zašto sam nazvao. Možemo li to učiniti danas?
Renato
Da! Mogu to učiniti večeras.
Belinha
Čudo. Očekujemo vas onda u osam sati navečer.
Renato
U redu. Mogu li povesti brata?
Belinha
Naravno!
Renato
Vidimo se kasnije!
Belinha
Vidimo se kasnije!

Veza završava. Gledajući svoju sestru, Belinha ispušta smijeh sreće. Znatiželjan, drugi pita:

Amelinha

Pa šta? Dolazi li on?

Belinha

Sve je u redu! Večeras u osam sati ćemo se ponovno okupiti. On i njegov brat dolaze! Jesi li razmišljao o orgijama?

Amelinha

Pričaj mi o tome! Već pulsiram od emocija!

Belinha

Neka bude srce! Nadam se da će uspjeti!

Amelinha

"Sve je sređeno!

Njih dvoje se smiju istovremeno ispunjavajući okoliš pozitivnim vibracijama. U tom trenutku nisam sumnjao da se sudbina urotila za noć zabave za taj manijakalni dvojac. Već su zajedno postigli toliko faza da sada ne bi oslabili. Stoga bi trebali nastaviti idolizirati muškarce kao seksualnu igru, a zatim ih odbaciti. To je bilo najmanje što je rasa mogla učiniti da plati za svoju patnju. Zapravo, nijedna žena ne zaslužuje patiti. Ili bolje rečeno, svaka žena ne zaslužuje bol.

Vrijeme je da se bacimo na posao. Napuštajući sobu već spremnu, dvije sestre odlaze u garažu gdje odlaze privatnim automobilom. Amelinha prvo vodi Belinha u školu, a zatim odlazi u ured na farmi. Tamo odiše radošću i priča profesionalne vijesti. Za odobrenje natjecanja prima čestitke svih. Isto se događa i Belinha.

Kasnije se vraćaju kući i ponovno se susreću. Tada počinje priprema za primanje vaših kolega. Dan je obećao da će biti još posebniji.

Točno u zakazano vrijeme čuju kucanje na vrata. Belinha, najpametniji od njih, ustaje i odgovara. Čvrstim i sigurnim koracima stavlja se na vrata i polako ih otvara. Po završetku ove operacije vizualizira par braće. Signalom domaćina ulaze i smještaju se na kauču u dnevnoj sobi.

Renato
Ovo je moj brat. Zove se Ricardo.
Belinha
Drago mi je što smo se upoznali, Ricardo.
Amelinha
Dobrodošao si ovdje!
Ricardo
Zahvaljujem vam obojici. Zadovoljstvo je samo moje!
Renato
Ja sam spreman! Možemo li otići u sobu?
Belinha
Daj!
Amelinha
Tko će koga sada dobiti?
Renato
Sama biram Belinha.
Belinha
Hvala ti, Renato, hvala ti! Zajedno smo!
Ricardo
Rado ću ostati s Amelinha!
Amelinha

Drhtat ćeš!

Ricardo

Vidjet ćemo!

Belinha

Onda neka zabava počne!

Muškarci su nježno stavili žene na ruku noseći ih do kreveta koji se nalaze u spavaćoj sobi jednog od njih. Dolaskom na mjesto skidaju odjeću i padaju u prekrasan namještaj započinjući ritual ljubavi na nekoliko položaja, razmjenjujući milovanje i suučesništvo. Uzbuđenje i zadovoljstvo bili su toliko veliki da su se proizvedeni uzdisaji mogli čuti preko puta ulice kako sablažnjavaju susjede. Mislim, ne toliko, jer su već znali za svoju slavu.

Sa zaključkom s vrha, ljubavnici se vraćaju u kuhinju gdje piju sok s kolačićima. Dok jedu, razgovaraju dva sata, povećavajući interakciju grupe. Kako je bilo dobro biti tamo i učiti o životu i kako biti sretan. Zadovoljstvo je biti dobro sa sobom i sa svijetom koji potvrđuje svoja iskustva i vrijednosti prije nego što drugi nose sigurnost da ih drugi ne mogu osuđivati. Stoga su vjerovali da je maksimum "Svatko je svoja osoba".

Do sumraka se konačno opraštaju. Posjetitelji odlaze ostavljajući "Drage Pirineje" još euforičnije kada razmišljaju o novim situacijama. Svijet se stalno okretao prema dvjema pouzdanicima. Neka budu sretni!

Manični klaun

Došla je nedjelja i s njim puno vijesti u gradu. Među njima, dolazak cirkusa pod nazivom "Superstar", poznatog po cijelom Brazilu. To je sve o čemu smo pričali u okolici. Znatiželjne urođeno, dvije sestre programirane da prisustvuju otvaranju emisije zakazane za ovu večer.

U blizini rasporeda, njih dvoje su već bili spremni izaći nakon posebne večere za proslavu svoje neudane osobe. Odjeveni za svečanost, oboje su paradirali istovremeno, gdje su izašli iz kuće i ušli u garažu. Ulazeći u auto, počinju tako što će jedan od njih sići i zatvoriti garažu. S povratkom istog, putovanje se može nastaviti bez ikakvih daljnjih problema.

Napuštajući okrug Sveti Kristofor, krenite prema okrugu Boa Vista na drugom kraju grada, glavnom gradu zaleđa s oko osamdeset tisuća stanovnika. Dok hodaju mirnim avenijama, zadivljeni su arhitekturom, božićnim ukrasom, duhovima ljudi, crkvama, planinama o kojima su, čini se, govorili, mirisnim dosjetkama razmijenjenim u suučesništvu, zvukom glasnog rocka, francuskim parfemom, razgovorima o politici, poslovanju, društvu, zabavama, sjeveroistočnoj kulturi i tajnama. U svakom slučaju, bili su potpuno opušteni, tjeskobni, nervozni i koncentrirani.

Na putu, odmah, pada fina kiša. Protiv očekivanja, djevojke otvaraju prozore vozila čineći da male kapi vode podmazuju njihova lica. Ova gesta pokazuje njihovu jednostavnost i autentičnost, istinske samo astralne prvake. Ovo je najbolja opcija za ljude. Koja je svrha uklanjanja neuspjeha, nemira i boli iz prošlosti? Ne bi ih nigdje odveli. Zato su bili sretni svojim izborom. Iako ih je svijet osuđivao, nije ih bilo briga jer su posjedovali svoju sudbinu. Sretan im rođendan!

Desetak minuta dalje, već su na parkiralištu vezanom za cirkus. Zatvaraju automobil, hodaju nekoliko metara u unutarnje dvorište okoliša. Za raniji dolazak sjede na prvim tribinama. Dok čekate predstavu, kupuju kokice, pivo, ispuštaju sranja i tihe dosjetke. Nije bilo ništa bolje nego biti u cirkusu!

Četrdeset minuta kasnije, predstava je pokrenuta. Među atrakcijama su šaljivi klaunovi, akrobati, trapez umjetnici, globus smrti, mađioničari, žongleri i glazbena predstava. Tri sata žive čarobne trenutke, smiješne, rastresene, igraju se, zaljubljuju se, napokon, žive. Prekidom predstave obavezno odlaze u svlačionicu i pozdravljaju jednog od klaunova. On je postigao štos da ih razveseli kao da se nikada nije dogodilo.

Gore na pozornici, morate dobiti liniju. Slučajno, oni su posljednji koji su otišli u svlačionicu. Tamo pronalaze unakaženog klauna, daleko od pozornice.

"Došli smo vam čestitati na vašoj sjajnoj emisiji. U njemu je Božji dar! Gledao je Belinha.

"Tvoje riječi i tvoje geste potresle su moj duh. Ne znam, ali primijetio sam tugu u tvojim očima. Jesam li u pravu?

"Hvala vam obojici na riječima. Kako se zovete? Odgovorio je klaunu.

"Moje ime je Amelinha!

"Moje ime je Belinha.

"Drago mi je što smo se upoznali. Možeš me zvati Gilbert! Prošao sam kroz dovoljno boli u ovom životu. Jedan od njih je nedavno odvajanje od moje žene. Morate shvatiti da nije lako odvojiti se od svoje žene nakon 20 godina života, zar ne? Bez obzira na to, drago mi je što mogu ispuniti svoju umjetnost.

"Jadnik! Žao mi je! (Amelinha).

"Što možemo učiniti da ga razveselimo? (Belinha).

"Ne znam kako. Nakon prekida moje žene, jako mi nedostaje. (Gilbert).

"Možemo to popraviti, zar ne, sestro? (Belinha).

"Naravno. Ti si zgodan čovjek. (Amelinha)

"Hvala vam, djevojke. Ti si divna. Uzviknuo je Gilbert.

Ne čekajući više, bijela, visoka, snažna, tamnooka muška se skinula, a dame su slijedile njegov primjer. Goli, trojac je ušao u predigru upravo tamo na podu. Više od razmjene emocija i psovanja, seks ih je zabavljao i razveseljavao. U tim kratkim trenucima osjetili su dijelove veće sile, Božju ljubav. Kroz ljubav su došli do veće ekstaze koju je čovjek mogao postići.

Završavajući točku, oblače se i opraštaju. Taj još jedan korak i zaključak koji je došao bio je da je čovjek divlji vuk. Manični klaun kojeg nikad nećeš zaboraviti. Ne više, napuštaju cirkus seleći se na parkiralište. Ulaze u auto i počinju se vraćati. Sljedećih nekoliko dana obećano je još iznenađenja.

Druga zora je došla ljepša nego ikad. Rano ujutro našim prijateljima je drago osjetiti toplinu sunca i povjetarac koji im luta u licu. Ti kontrasti uzrokovali su u fizičkom aspektu istog dobar osjećaj slobode, zadovoljstva, zadovoljstva i radosti. Bili su spremni, za, suočiti se s novim danom.

Međutim, oni koncentriraju svoje snage koje kulminiraju na njihovo podizanje. Sljedeći korak je otići u apartman i to učiniti s ekstremnom skitnjom kao da su iz države Bahia. Da ne povrijedimo naše drage susjede, naravno. Zemlja svih svetih spektakularno je mjesto prepuno kulture, povijesti i svjetovnih tradicija. Živjela Bahia.

U kupaonici se skidaju po čudnom osjećaju da nisu sami. Tko je ikada čuo za legendu o plavokosoj kupaonici? Nakon maratona horor filmova, bilo je normalno upasti u nevolje s njim. U sljedećem trenutku klimaju glavom pokušavajući biti tiši. Odjednom, svakome od njih pada na pamet, njihova politička putanja, strana građana, njihova profesionalna, vjerska strana i njihov seksualni aspekt. Osjećaju se dobro zbog toga što su nesavršeni uređaji. Bili su sigurni da kvalitete i nedostaci dodaju njihovoj osobnosti.

Nadalje, zaključavaju se u kupaonicu. Otvaranjem tuša puštaju vruću vodu da teče kroz znojna tijela zbog vrućine noći prije. Tekućina služi kao katalizator koji upija sve tužne stvari. To je upravo ono što im je sada trebalo: zaboraviti bol, traumu, razočaranja, nemir koji pokušava pronaći nova očekivanja. Tekuća godina bila je ključna u tome. Fantastičan zaokret u svakom aspektu života.

Proces čišćenja pokreće se uz uporabu biljnih spužvi, sapuna, šampona, uz vodu. Trenutno osjećaju jedan od najboljih užitaka koji vas prisiljava da se sjetite ulaznice na grebenu i avantura na plaži. Intuitivno, njihov divlji duh traži više avantura u onome što ostaju analizirati što je prije moguće. Situacija pogodovana slobodnim vremenom ostvarenim na radu oboje kao nagrada predanosti javnoj službi.

Oko 20 minuta malo su stavili sa strane svoje ciljeve kako bi živjeli reflektirajući trenutak u svojoj intimnosti. Na kraju ove aktivnosti izlaze, brišu mokro tijelo ručnikom, nose čistu odjeću i obuću, nose švicarski parfem, uvoze šminku iz Njemačke s istinski lijepim sunčanim naočalama i tijarama. Potpuno spremni, kreću se u šalicu s torbicama na traci i pozdravljaju se sretni ponovnim okupljanjem zahvaljujući dragom Bogu.

U suradnji pripremaju doručak od zavisti: kuskus u pilećem umaku, povrću, voću, kremi za kavu i krekerima. U jednakim dijelovima hrana je podijeljena. Izmjenjuju trenutke tišine s kratkim razmjenama riječi jer su bili pristojni. Gotov doručak, nema bijega dalje od onoga što su namjeravali.

"Što predlažeš, Belinha? Dosadno mi je!

"Imam pametnu ideju. Sjećaš se one osobe koju smo upoznali na književnom festivalu?

"Sjećam se. Bio je pisac, i zvao se Divine.

"Imam njegov broj. Kako bi bilo da stupimo u kontakt? Volio bih znati gdje živi.

"I ja. Odlična ideja. Napravi to. Svidjet će mi se.

"U redu!

Belinha je otvorila torbicu, uzela mobitel i počela birati. Za nekoliko trenutaka netko se javi na liniju i razgovor počinje.

"Halo.

"Bok, božanstveno. Dobro?

"U redu, Belinha. Kako ide?

"Dobro nam ide. Vidi, je li ta pozivnica još uvijek na? Moja sestra i ja želimo imati posebnu predstavu večeras.

"Naravno, imam. Nećete požaliti. Ovdje imamo pile, obilnu prirodu, svjež zrak izvan velikog društva. I ja sam danas slobodan.

"Kako divno. Čekaj nas na ulazu u selo. Za najviše 30 minuta smo tamo.

"Sve je u redu. Vidimo se kasnije!

"Vidimo se kasnije!

Poziv završava. S osmjehom otisnutom, Belinha se vraća komunicirati sa svojom sestrom.

"Rekao je da. Hoćemo li?

"Ajde. Što čekamo?

Obje paradiraju od šalice do izlaza iz kuće, zatvarajući vrata iza sebe ključem. Onda se presele u garažu. Voze službeni obiteljski automobil, ostavljajući svoje probleme iza sebe čekajući nova iznenađenja i emocije na najvažnijoj zemlji na svijetu. Kroz grad, uz glasan zvuk, zadržali su svoju malu nadu za sebe. Vrijedilo je svega u tom trenutku dok nisam razmišljao o prilici da budem sretan zauvijek.

S kratkim vremenom zauzimaju desnu stranu autoceste BR 232. Dakle, započinje tijek tečaja do postignuća i sreće. Umjerenom brzinom mogu uživati u planinskom krajoliku na obalama staze. Iako je to bilo poznato okruženje, svaki je odlomak bio više od novosti. To je bilo ponovno otkriveno ja.

Prolazak kroz mjesta, farme, sela, plave oblake, pepeo i ruže, suhi zrak i vruća temperatura idu. U programiranom vremenu dolaze do ulaza u brazilsku unutrašnjost. Mimoza pukovnika, vidovnjaka, Bezgrešnog začeća i ljudi s visokim intelektualnim kapacitetom.

Kad su svratili na ulaz u okrug, očekivali su vašeg dragog prijatelja s istim osmjehom kao i uvijek. Dobar znak za one koji su tražili avanture. Izlazeći iz automobila, odlaze u susret plemenitom kolegi koji ih prima s zagrljajem koji postaje trostruko. Čini se da ovaj trenutak ne završava. Već se ponavljaju, počinju mijenjati prve dojmove.

"Kako si, Božanstva? Pitao je Belinha.

"Dobro, kako si? Dopisivao se s vidovnjakom.

"Super! (Belinha).

"Bolje nego ikad, nadopunjena Amelinha.

"Imam sjajnu ideju. Kako bi bilo da se popnemo na planinu Ororubá? Tamo je prije točno osam godina započela moja putanja u književnosti.

"Kakva ljepotica! Bit će mi čast! (Amelinha).

"I za mene! Volim prirodu. (Belinha).

"Dakle, idemo sada. (Aldivan).

Potpisujući slijediti, tajanstvena prijateljica dviju sestara napredovala je na ulicama centra grada. Dolje desno, ulazak na privatno mjesto i šetnja stotinjak metara stavlja ih na dno pile. Brzo se zaustavljaju, tako da se mogu odmoriti i piti vodu. Kako je bilo penjati se na planinu nakon svih tih avantura? Osjećaj je bio mir, skupljanje, sumnja i oklijevanje. Kao da je to bio prvi put sa svim izazovima oporezovanim sudbinom. Odjednom se prijatelji s osmijehom suočavaju s velikim piscem.

"Kako je sve počelo? Što ti to znači? (Belinha).

"Godine 2009. život mi se vrtio u monotoniji. Ono što me održalo na životu bila je volja da eksternaliziram ono što sam osjećao u svijetu. Tada sam čuo za ovu planinu i moći njegove divne špilje. Bez izlaza, odlučio sam riskirati u ime svog sna. Spakirao sam torbu, popeo se na planinu, izveo tri izazova za koje sam akreditiran ušao u špilju očaja, najsmrtonosniju, najopasniju špilju na svijetu. U njemu sam nadmašio velike izazove završavajući kako bih došao do komore. U tom trenutku ekstaze dogodilo se čudo, postao sam vidovnjak, sveznajući biće kroz njegove vizije. Do sada je bilo još dvadeset avantura i neću tako brzo prestati. Zahvaljujući čitateljima, postupno postižem svoj cilj osvajanja svijeta .

"Uzbudljivo. Ja sam vaš obožavatelj. (Amelinha).

"Dirljivo. Znam što misliš o ponovnom obavljanju ovog zadatka. (Belinha).

"Izvrsno. Osjećam mješavinu dobrih stvari, uključujući uspjeh, vjeru, kandžu i optimizam. To mi daje dobru energiju - rekao je vidovnjak.

"Dobro. Koji nam savjet dajete?

"Zadržimo fokus. Jeste li spremni saznati bolje za sebe? (gospodar).

"Da. Složili su se s oboje.

"Onda me prati.

Trojac je nastavio s poduzećem. Sunce se zagrijava, vjetar puše malo jače, ptice odlaze i pjevaju, kamenje i trnje kao da se pomiču, tlo se trese i planinski glasovi počinju djelovati. To je okoliš prisutan na usponu pile.

S puno iskustva, čovjek u špilji stalno pomaže ženama. Ponašajući se ovako, stavio je praktične vrline važne kao solidarnost i suradnja. Zauzvrat su mu posudili ljudsku toplinu i nejednako predanost. Mogli bismo reći da je to bio nepremostivi, nezaustavljivi, kompetentni trojac.

Malo po malo, idu korak po korak korakom sreće. Unatoč značajnom postignuću, oni ostaju neumorni u svojoj potrazi. U nastavku malo usporavaju tempo šetnje, ali ga održavaju stabilnim. Kao što izreka kaže, polako ide daleko. Ta ih sigurnost prati cijelo vrijeme stvarajući duhovni spektar pacijenata, oprez, toleranciju i prevladati. S tim elementima imali su vjeru u prevladavanje bilo kakvih nedaća.

Sljedeća točka, sveti kamen, zaključuje trećinu staze. Postoji kratka pauza i uživaju u njoj kako bi molili, zahvaljivali, promišljali i planirali sljedeće korake. U pravoj mjeri željeli su zadovoljiti svoje nade, svoje strahove, bol, mučenje i tugu. Jer imaju vjeru, neizbrisiv mir ispunjava njihova srca.

S ponovnim pokretanjem putovanja, neizvjesnošću, sumnjama i snagom neočekivanog vraća se na djelovanje. Iako bi ih to moglo uplašiti, nosili su sigurnost boravka u Božjoj nazočnosti i malom izdanku unutrašnjosti. Ništa ili bilo tko im ne može nauditi samo zato što Bog to ne bi dopustio. Tu su zaštitu shvatili u svakom teškom trenutku života gdje su ih drugi jednostavno napustili. Bog je zapravo naš jedini odani prijatelj.

Nadalje, oni su na pola puta. Uspon ostaje proveden s više predanosti i podešavanja. Suprotno onome što se obično događa s običnim penjačima, ritam pomaže motivaciji, volji i isporuci. Iako nisu bili sportaši, bilo je nevjerojatno njihov učinak jer su bili zdravi i predani mladi.

Nakon završetka tri četvrtine rute, očekivanja dolaze na nepodnošljive razine. Koliko dugo bi morali čekati? U ovom trenutku pritiska, najbolje je pokušati kontrolirati zamah znatiželje. Sve oprezno je sada bilo zbog djelovanja suprotstavljenih snaga.

S malo više vremena, konačno završavaju rutu. Sunce sja jače, Božje svjetlo ih osvjetljava i izlazi iz staze, čuvar i njegov sin Renato. Sve se potpuno preporođeno u srcu tih divnih mališana. Zaslužili su tu milost što su naporno radili. Sljedeći korak vidovnjaka je naići na čvrst zagrljaj sa svojim dobročiniteljima. Njegovi kolege ga slijede i grle petostruki.

" Drago mi je što te vidim, sine Božji! Dugo te nisam vidio! Moj majčinski instinkt upozorio me na vaš pristup - rekla je gospođa predaka.

"Drago mi je! Kao da se sjećam svoje prve avanture. Bilo je toliko emocija. Planina, izazovi, špilja i putovanje kroz vrijeme obilježili su moju priču. Povratak ovdje donosi mi dobra sjećanja. Sada, dovodim sa sobom dva prijateljska ratnika. Trebao im je ovaj sastanak sa svetim.

"Kako se zovete, dame? Pitao je čuvar planine.

"Moje ime je Belinha, i ja sam revizor.

"Moje ime je Amelinha, i ja sam učiteljica. Živimo u Arcoverde.

"Dobrodošle, dame. (Čuvar planine.).

"Zahvalni smo! Rekao je istodobno dvoje posjetitelja sa suzama koje im prolaze kroz oči.

"I ja volim nova prijateljstva. Biti uz svog gospodara opet mi pruža posebno zadovoljstvo od onih neizrecivih. Jedini ljudi koji to znaju razumjeti smo nas dvoje. Zar to nije točno, partneru? (Renato).

"Nikad se ne mijenjaš, Renato! Tvoje riječi su neprocjenjive. Uz svo moje ludilo, pronalazak njega je bila jedna od dobrih stvari moje sudbine.

Moj prijatelj i moj brat odgovorili su vidovnjaku bez izračunavanja riječi. Izašli su prirodno zbog pravog osjećaja koji se hranio za njega.

"Dopisuju nam se u istoj mjeri. Zato je naša priča uspješna - rekao je mladić.

"Kako je lijepo biti u ovoj priči. Nisam imao pojma koliko je planina posebna u svojoj putanji, dragi pisce, rekao je Amelinha.

"Stvarno je vrijedan divljenja, sestro. Osim toga, tvoji prijatelji su stvarno dobri. Živimo pravu fikciju i to je najljepša stvar koja postoji. (Belinha).

"Cijenimo kompliment. Međutim, morate biti umorni od truda koji se koristi na penjanju. Kako bi bilo da odemo kući? Uvijek imamo nešto za ponuditi. (Gospođo).

"Iskoristili smo priliku da uhvatimo korak s našim razgovorima. Jako mi nedostaje Renato.

"Mislim da je to sjajno. Što se tiče dama, što vi kažete?

"Svidjet će mi se. (Belinha).

"Hoćemo!

"Onda nas pustite! Završio je majstora.

Kvintet počinje hodati redoslijedom koji daje ta fantastična figura. Odmah, hladan udarac kroz umorne kosture klase. Tko je bila ta žena i kakve je moći imala? Unatoč toliko zajedničkih trenutaka, misterija je ostala zaključana kao vrata sedam ključeva. Nikad ne bi saznali jer je to bio dio planinske tajne. Istodobno su njihova srca ostala u magli. Bili su iscrpljeni od doniranja ljubavi i ponovnog ne pružanja, opraštanja i razočaranja. U svakom slučaju, ili su se navikli na stvarnost života ili će puno patiti. Stoga im je trebao savjet.

Korak po korak, oni će prijeći preko prepreka. Odmah čuju uznemirujući vrisak. Jednim pogledom, šef ih smiruje. To je bio osjećaj hijerarhije, dok su se najjači i najiskusniji zaštićeni, sluge vraćali predano, bogoslužjem i prijateljstvom. Bila je to dvosmjerna ulica.

Nažalost, oni će upravljati šetnjom s velikim i nježnim. Koja je ideja prošla kroz Belinha glavu? Bili su usred grma razbijeni od gadnih životinja koje bi ih mogle povrijediti. Osim toga, na nogama su bili trnje i šiljasto kamenje. Kako svaka situacija ima svoje stajalište, budući da je postojala jedina prilika da shvatite sebe i svoje želje, nešto deficita u životima posjetitelja. Uskoro je vrijedilo avanture.

Sljedeće na pola puta, zaustavit će se. U blizini je bio voćnjak. Krenuli su prema raju. Aludirajući na biblijsku priču, osjećali su se potpuno slobodnima i integriranima u prirodu. Kao i djeca, igraju se penjanja po drveću, uzimaju plodove, silaze i jedu ih. Onda meditiraju. Naučili su čim život stvaraju trenuci. Bilo da su tužni ili sretni, dobro je uživati u njima dok smo živi.

U sljedećem trenutku kupaju se osvježavajuće u priloženom jezeru. Ta činjenica izaziva dobra sjećanja na jednom, na najupečatljivija iskustva u njihovim životima. Kako je lijepo bilo biti dijete! Kako je bilo teško odrasti i suočiti se s odraslim životom. Živite s lažnim, lažima i lažnim moralom ljudi.

Nastavljajući dalje, približavaju se sudbini. Desno na stazi već možete vidjeti jednostavnu kolibu. To je bilo utočište najljepših, najtajanstvenijih ljudi na planini. Bili su divni, što dokazuje da vrijednost osobe nije u onome što posjeduje. Plemenitost duše je u karakteru, u dobrotvornim i savjetodavnim stavovima. Dakle, izreka kaže: prijatelj na trgu je bolji od novca položenog u banku.

Nekoliko koraka naprijed zaustavljaju se ispred ulaza u kabinu. Hoće li dobiti odgovore na vaše unutarnje upite? Samo je vrijeme moglo odgovoriti na ovo i druga pitanja. Najvažnija stvar u vezi ovoga je bila da su bili tu za sve što dolazi i odlazi.

Preuzimajući ulogu domaćice, čuvar otvara vrata, dajući svima ostalima pristup unutrašnjosti kuće. Ulaze u praznu kabinu, široko promatrajući sve. Impresionirani su delikatnošću mjesta predstavljenog ukrasom, predmetima, namještajem i klimom misterije. Kontradiktorno, bilo je više bogatstva i kulturne raznolikosti nego u mnogim palačama. Dakle, možemo se osjećati sretno i potpuno čak idu skromnim okruženjima.

Jedan po jedan, smjestit ćete se na dostupnim lokacijama, osim što Renato ide u kuhinju na pripremu ručka. Početna klima sramežljivosti je slomljena.

"Volio bih vas bolje upoznati, djevojke.

"Mi smo dvije djevojke iz Arcoverde Cityja. Sretni smo profesionalno, ali gubitnici zaljubljeni. Otkad me izdao moj stari partner, bio sam frustriran, priznao je Belinha.

"Tada smo se odlučili osvetiti muškarcima. Sklopili smo pakt da ih namamimo i iskoristimo kao objekt. Nikada više nećemo patiti - rekla je Amelinha.

"Dajem im svu svoju podršku. Susreo sam ih u gomili i sada je njihova prilika došla da ih posjete ovdje. (Sin Božji)

"Zanimljivo. To je prirodna reakcija na patnju razočaranja. Međutim, to nije najbolji način da se slijedi. Prosuđivanje cijele vrste prema stavu osobe jasna je pogreška. Svaki ima svoju individualnost. Ovo tvoje sveto i besramno lice može stvoriti više sukoba i zadovoljstva. Na vama je da pronađete pravu poantu ove priče. Ono što mogu učiniti je podržati kao što je vaš prijatelj učinio i postati suučesnik u ovoj priči analizirao sveti duh planine.

"Ja ću to dopustiti. Želim se naći u ovom svetištu. (Amelinha).

"Prihvaćam i tvoje prijateljstvo. Tko bi rekao da ću biti u fantastičnoj sapunici? Mit o špilji i planini sada se čini tako . Mogu li zaželjeti želju? (Belinha).

"Naravno, draga.

"Planinski entiteti mogu čuti zahtjeve skromnih sanjara kao što se to dogodilo meni. Imajte vjere! (sin Božji).

"Tako sam u nevjerici. Ali ako tako kažeš, pokušat ću. Tražim uspješan zaključak za sve nas. Neka se svatko od vas ostvari na glavnim poljima života.

"Priznajem! Grmi dubokim glasom u sredini sobe.

Obje kurve su skočile na tlo. U međuvremenu, ostali su se smijali i plakali na reakciju obojice. Ta činjenica je bila više akcija sudbine. Kakvo iznenađenje. Nitko nije mogao predvidjeti što se događa na vrhu planine. Budući da je poznati Indijanac umro na mjestu zločina, osjećaj stvarnosti ostavio je mjesta nadnaravnom, misteriji i neobičnom.

"Kakva je to grmljavina bila? Zasad se tresem - priznala je Amelinha.

"Čuo sam što je glas rekao. Potvrdila je moju želju. Sanjam li? Pitao je Belinha.

"Čuda se događaju! S vremenom ćete točno znati što znači to reći , rekao je majstor.

"Vjerujem u planinu, a i vi morate vjerovati u nju. Kroz njeno čudo, ostajem ovdje uvjeren i siguran u svoje odluke. Ako jednom ne uspijemo, možemo početi ispočetka. Uvijek ima nade za one žive - uvjerava šaman vidovnjaka pokazujući signal na krovu.

"Svjetlo. Šta to znači? (Belinha).

"Tako je lijepo i svijetlo. (Amelinha).

"To je svjetlo našeg vječnog prijateljstva. Iako fizički nestaje, ostat će netaknuta u našim srcima. (Čuvar

"Svi smo mi lagani, iako na istaknute načine. Naša sudbina je sreća. (Vidovnjak).

Tu dolazi Renato i daje prijedlog.

"Vrijeme je da izađemo i nađemo neke prijatelje. Došlo je vrijeme za zabavu.

"Veselim se tome. (Belinha)

"Što čekamo? Vrijeme je. (VRIŠTANJE)

Kvartet izlazi u šumu. Tempo koraka je brz što otkriva unutarnju tjeskobu likova. Ruralno okruženje Mimoza pridonijelo je spektaklu prirode. S kojim biste se izazovima suočili? Bi li žestoke životinje bile opasne? Planinski mitovi mogli su napasti u bilo kojem trenutku što je bilo prilično opasno. Ali hrabrost je bila kvaliteta koju su svi tamo nosili. Ništa neće zaustaviti njihovu sreću.

Došlo je vrijeme. U timu za imovinu, bio je crnac, Renato, i plavokosa osoba. U pasivnom timu bili su Divine, Belinha i Amelinha. s formiranim timom, zabava počinje među sivom zelenom bojom iz seoske šume.

Crnac izlazi s Božanski. Renato Izlazi Amelinha i plavokosi muškarac izlazi s Belinha. Grupni seks počinje razmjenom energije između šestorice. Svi su bili za sve. Žeđ za seksom i užitkom bila je zajednička svima. Mijenjajući položaje, svaki doživljava jedinstvene senzacije. Pokušavaju analni seks, vaginalni seks, oralni seks, grupni seks među ostalim seksualnim modalitetima. To dokazuje da ljubav nije grijeh. To je trgovina temeljnom energijom za ljudsku evoluciju. Bez krivnje brzo razmjenjuju partnera, koji pruža višestruke orgazme. To je mješavina ekstaza koja uključuje skupinu. Provode sate sektaši se dok se ne umore.

Nakon što je sve završeno, vraćaju se na svoje početne pozicije. Bilo je još puno toga za otkriti na planini.

Obilazak grada Pesqueira

Ponedjeljak ujutro ljepši nego ikad. Rano ujutro naši prijatelji dobivaju zadovoljstvo osjetiti toplinu sunca i povjetarac koji im luta u licima. Ti kontrasti uzrokovali su u fizičkom aspektu istog dobar osjećaj slobode, zadovoljstva, zadovoljstva i radosti. Bili su spremni, za, suočiti se s novim danom.

Kad bolje razmislim, koncentriraju svoje snage koje kulminiraju njihovim podizanjem. Sljedeći korak je otići u apartmane i to učiniti s ekstremnom skitnjom kao da su iz države Bahia. Da ne povrijedimo naše drage susjede, naravno. Zemlja svih svetih spektakularno je mjesto prepuno kulture, povijesti i svjetovnih tradicija. Živjela Bahia!

U kupaonici se skidaju po čudnom osjećaju da nisu sami. Tko je ikada čuo za legendu o plavokosoj kupaonici? Nakon maratona horor filmova, bilo je normalno upasti u nevolje s njim. U sljedećem trenutku klimaju glavom pokušavajući biti tiši. Odjednom, svakome od njih pada na pamet njihova politička putanja, strana građana, profesionalna, vjerska strana i njihov seksualni aspekt. Osjećaju se dobro zbog toga što su nesavršeni uređaji. Bili su sigurni da kvalitete i nedostaci dodaju njihovoj osobnosti.

Zaključavaju se u kupaonicu. Otvaranjem tuša puštaju vruću vodu da teče kroz znojna tijela zbog vrućine noći prije. Tekućina služi kao katalizator koji upija sve tužne stvari. To je upravo ono što im je sada trebalo: zaboravite bol, traumu, razočaranja, nemir pokušavajući pronaći nova očekivanja. tekuća godina bila je ključna u njoj. Fantastičan zaokret u svakom aspektu života.

Postupak čišćenja pokreće se upotrebom brisača tijela, sapuna, šampon izvan vode. Trenutno osjećaju jedan od najboljih užitaka koji ih prisiljava da se prisjete prolaza na grebenu i avantura na plaži. Intuitivno, njihov divlji duh traži više avantura u onome što ostaju analizirati što je prije moguće. Situacija pogodovana slobodnim vremenom ostvarenim na radu oboje kao nagrada predanosti javnoj službi.

Oko 20 minuta malo su stavili sa strane svoje ciljeve kako bi živjeli reflektirajući trenutak u svojoj intimnosti. Na kraju ove aktivnosti izlaze, brišu mokro tijelo ručnikom, nose čistu odjeću i obuću, nose švicarski parfem, uvoze šminku iz Njemačke s istinski lijepim sunčanim naočalama i tijarama. Potpuno spremni, kreću se u šalicu s torbicama na traci i pozdravljaju se sretni ponovnim okupljanjem zahvaljujući dragom Bogu.

U suradnji pripremaju doručak od zavisti, umaka od piletine, povrća, voća, kreme za kavu i krekera. U jednakim dijelovima hrana je podijeljena. Izmjenjuju trenutke tišine s kratkim razmjenama riječi jer su bili pristojni. Gotov doručak, više nema bijega nego što su namjeravali.

"Što predlažeš, Belinha? Dosadno mi je!

"Imam pametnu ideju. Sjećaš se tipa kojeg smo našli u gomili?

"Sjećam se. Bio je pisac, i zvao se Divine.

"Imam njegov broj telefona. Kako bi bilo da stupimo u kontakt? Volio bih znati gdje živi.

"I ja. Odlična ideja. Napravi to. Volio bih.

"U redu!

Belinha je otvorila torbicu, uzela mobitel i počela birati. Za nekoliko trenutaka netko se javi na liniju i razgovor počinje.

"Halo.

"Bok, Božanstvo, kako si?

"U redu, Belinha. Kako ide?

"Dobro nam ide. Vidi, je li ta pozivnica još uvijek na? Ja i moja sestra želimo imati posebnu predstavu večeras.

"Naravno, imam. Nećete požaliti. Ovdje imamo pile, obilnu prirodu, svjež zrak izvan velikog društva. I ja sam danas slobodan.

"Kako divno! Onda nas pričekajte na ulazu u selo. Za najviše 30 minuta smo tamo.

"U redu! Dakle, do tada!

"Vidimo se kasnije!

Poziv završava. S osmjehom otisnutom, Belinha se vraća komunicirati sa svojom sestrom.

"Rekao je da. Hoćemo li ići?

"Ajde! Što čekamo?

Oba paradiraju od šalice do izlaza iz kuće zatvarajući vrata iza sebe ključem. Onda idite u garažu. Upravljajući službenim obiteljskim automobilom, ostavljajući svoje probleme iza sebe čekajući nova iznenađenja i emocije na najvažnijoj zemlji na svijetu. Kroz grad, uz glasan zvuk, zadržali su svoju malu nadu za sebe. Vrijedilo je svega u tom trenutku dok nisam razmišljao o prilici da budem sretan zauvijek.

S kratkim vremenom zauzimaju desnu stranu autoceste BR 232. Dakle, započnite tijek tečaja do postignuća i sreće. Umjerenom brzinom mogu uživati u planinskom krajoliku na obalama staze. Iako je to bilo poznato okruženje, svaki je odlomak bio više od novosti. To je bilo ponovno otkriveno ja.

Prolazak kroz mjesta, farme, sela, plave oblake, pepeo i ruže, suhi zrak i vruća temperatura idu. U programiranom vremenu dolaze do ulaza u unutrašnjost države Pernambuco. Mimoza pukovnika, vidovnjaka, Bezgrešnog začeća i ljudi s visokim intelektualnim kapacitetom.

Kad ste svratili na ulaz u okrug, očekivali ste svog dragog prijatelja s istim osmijehom kao i uvijek. Dobar znak za one koji su tražili avanture. Izađite iz automobila, idite u susret plemenitom kolegi koji ih prima s zagrljajem koji postaje trostruko. Čini se da ovaj trenutak ne završava. Već se ponavljaju, počinju mijenjati prve dojmove.

"Kako si, Božanstva? (Belinha)
"Pa, što je s tobom? (Vidovnjak)
"Super! (Belinha)
"Bolje nego ikad"(Amelinha)

"Imam sjajnu ideju, kako bi bilo da se popnemo na planinu Ororubá? Tamo je prije točno osam godina započela moja putanja u književnosti.

"Kakva ljepotica! Bit će mi čast! (Amelinha)

"i za mene! Volim prirodu! (Belinha)

"Dakle, idemo sad! (Aldivan)

Potpisujući ga slijediti, tajanstveni prijatelj dviju sestara napredovao je na ulicama centra grada. Dolje desno, ulazak na privatno mjesto i šetnja stotinjak metara stavlja ih na dno pile. Na brzinu se zaustavljaju kako bi se odmorili i piti vodu. Kako je bilo penjati se na planinu nakon svih tih avantura? Osjećaj je bio mir, skupljanje, sumnja i oklijevanje. Kao da je to bio prvi put sa svim izazovima oporezovanim sudbinom. Odjednom se prijatelji s osmijehom suočavaju s velikim piscem.

"Kako je sve počelo? Što ti to znači? (Belinha)

"Godine 2009. život mi se vrtio u monotoniji. Ono što me održalo na životu bila je volja da eksternaliziram ono što sam osjećao u svijetu. Tada sam čuo za ovu planinu i moći njegove divne špilje. Bez izlaza, odlučio sam riskirati u ime svog sna. Spakirao sam torbu, popeo se na planinu, izveo tri izazova za koje sam bio akreditiran ušao u špilju očaja, najsmrtonosniju, najopasniju špilju na svijetu. U njemu sam nadmašio velike izazove završavajući kako bih došao do komore. U tom trenutku ekstaze dogodilo se čudo, postao sam vidovnjak, sveznajući biće kroz njegove vizije. Do sada je bilo još dvadeset avantura i ne namjeravam tako brzo stati. Uz pomoć čitatelja, po malo, dobivam svoj cilj da osvojim svijet. (sin Božji)

"Uzbudljivo! Ja sam vaš obožavatelj. (Amelinha)

" Znam kako se morate osjećati zbog ponovnog izvršavanja ovog zadatka. (Belinha)

"Jako dobro! Osjećam mješavinu dobrih stvari, uključujući uspjeh, vjeru, kandžu i optimizam. To mi daje dobru energiju. (Vidovnjak)

"Dobro! Koji nam savjet dajete? (Belinha)

"Zadržimo fokus. Jeste li spremni saznati bolje za sebe? (majstor)

"Da! Složili su se s oboje.

"Onda me slijedite!

Trojac je nastavio s poduzećem. Sunce se zagrijava, vjetar puše malo jače, ptice odlaze i pjevaju, kamenje i trnje kao da se pomiču, tlo se trese i planinski glasovi počinju djelovati. To je okoliš prisutan na usponu pile.

S puno iskustva, čovjek u špilji stalno pomaže ženama. Ponašajući se ovako, stavio je praktične vrline važne kao solidarnost i suradnja. Zauzvrat su mu posudili ljudsku toplinu i nejednaku predanost. Mogli bismo reći da je to bio nepremostivi, nezaustavljivi, kompetentni trojac.

Malo po malo, idu korak po korak korakom sreće. Predanošću i upornošću prestižu viši drvo, završavaju četvrtinu puta. Unatoč značajnom postignuću, oni ostaju neumorni u svojoj potrazi. To je zato što čestitam.

U nastavku malo usporite tempo šetnje, ali održavajte ga stabilnim. Kao što izreka kaže, polako ide daleko. Ta ih sigurnost prati cijelo vrijeme stvarajući duhovni spektar strpljenja, opreza, tolerancije i prevladavanja. S tim elementima imali su vjeru u prevladavanje bilo kakvih nedaća.

Sljedeća točka, sveti kamen zaključuje trećinu tečaja. Postoji kratka pauza i uživaju u njoj kako bi molili, zahvaljivali, promišljali i planirali sljedeće korake. U pravoj mjeri željeli su zadovoljiti svoje nade, svoje strahove, bol, mučenje i tugu. Jer imaju vjeru, neizbrisiv mir ispunjava njihova srca.

S ponovnim pokretanjem putovanja, neizvjesnošću, sumnjama i snagom neočekivanog vraća se na djelovanje. Iako bi ih to moglo uplašiti, nosili su sigurnost postojanja u prisutnosti Božjeg izdanka unutrašnjosti. Ništa ili bilo tko im ne može nauditi samo zato što Bog to ne bi dopustio. Tu su zaštitu shvatili u svakom teškom trenutku života gdje su ih drugi jednostavno napustili. Bog je zapravo naš jedini pravi i odani prijatelj.

Nadalje, oni su na pola puta. Uspon ostaje proveden s više predanosti i podešavanja. Suprotno onome što se obično događa s običnim penjačima, ritam pomaže motivaciji, volji i isporuci. Iako nisu bili sportaši, bio je izvanredan njihov učinak jer su bili zdravi i predani mladi.

Od tečaja trećeg tromjesečja očekivanja dolaze na nepodnošljive razine. Koliko dugo bi morali čekati? U ovom trenutku pritiska, najbolje je pokušati kontrolirati zamah znatiželje. Sve oprezno je sada bilo zbog djelovanja suprotstavljenih snaga.

S malo više vremena, konačno završavaju tečaj. Sunce sja jače, Božje svjetlo ih osvjetljava i izlazi iz staze, čuvar i njegov sin Renato. Sve se potpuno preporođeno u srcu tih divnih mališana. Oni su zaslužili ovu milost kroz zakon o biljkama usjeva. Sljedeći korak vidovnjaka je naići na čvrst zagrljaj sa svojim dobročiniteljima. Njegovi kolege ga slijede i grle petostruki.

"Drago mi je što te vidim, sine Božji! Dugo vremena nema vidi! Moj majčinski instinkt me upozorio na tvoj pristup, damu predaka.

Drago mi je! Kao da se sjećam svoje prve avanture. Bilo je toliko emocija. Planina, izazovi, špilja i putovanje kroz vrijeme obilježili su moju priču. Povratak ovdje donosi mi dobra sjećanja. Sada, dovodim sa sobom dva prijateljska ratnika. Trebao im je ovaj sastanak sa svetim.

"Kako se zovete, dame? (Čuvar)

"Moje ime je Belinha i ja sam revizor.

"Moje ime je Amelinha i ja sam učiteljica. Živimo u Arcoverde.

"Dobrodošle, dame. (Čuvar)

"Zahvalni smo! rekao je u skladu s dvoje posjetitelja sa suzama koje im prolaze kroz oči.

"I ja volim nova prijateljstva. Biti uz svog gospodara opet mi pruža posebno zadovoljstvo od onih neizrecivih. Samo ljudi koji znaju kako to razumjeti smo nas dvoje. Zar to nije točno, partneru? (Renato)

"Nikad se ne mijenjaš, Renato! Tvoje riječi su neprocjenjive. Uz svo moje ludilo, pronalazak njega je bila jedna od dobrih stvari moje sudbine. Moj prijatelj i moj brat. (Vidovnjak).

Izašli su prirodno zbog pravog osjećaja koji se hranio za njega.

"Mi smo usklađeni u istoj mjeri. Zato je naša priča uspješna ", kazao je mladić.

"Dobro je biti dio ove priče. Nisam ni znao koliko je planina posebna u svojoj putanji, rekao je dragi pisac ", rekao je Amelinha.

"Stvarno je vrijedan divljenja, sestro. Osim toga, tvoji prijatelji su vrlo prijateljski raspoloženi. Živimo pravu fikciju i to je najljepša stvar koja postoji. (Belinha)

"Zahvaljujemo vam na komplimentu. Ipak, moraju biti umorni od truda koji se koristi u penjanju. Kako bi bilo da odemo kući? Uvijek imamo nešto za ponuditi. (Gospođo)

"Iskoristili smo priliku da nadoknadimo razgovore. Jako mi nedostaješ ", priznao je Renato.

"Meni je to u redu. To je super kao i za dame, što mi kažu?

"Svidjet će mi se!" Belinha je tvrdio.

"Da, idemo", složila se Amelinha.

"Dakle, idemo! " Majstor je zaključio.

Kvintet počinje hodati redom dat će ga ta fantastična figura. Upravo sada, hladan udarac kroz umorne kosture klase. Tko je bila ta žena, tko je ona, tko je imao moći? Unatoč toliko zajedničkih trenutaka, misterija je ostala zaključana kao vrata sedam ključeva. Nikad ne bi saznali jer je to bio dio planinske tajne. Istodobno su njihova srca ostala u magli . Bili su iscrpljeni od doniranja ljubavi i ponovnog ne pružanja, opraštanja i razočaranja. U svakom slučaju, ili su se navikli na stvarnost života ili će puno patiti. Stoga im je trebao savjet.

Korak po korak, prijeći ćeš preko prepreka. U trenutku čuju uznemirujući vrisak. Jednim pogledom, šef ih smiruje. To je bio osjećaj hijerarhije, dok su se najjači i iskusniji zaštićeni, sluge vraćale predano, štovanje i prijateljstvo. Bila je to dvosmjerna ulica.

Nažalost, oni će upravljati šetnjom s velikim i nježnim. Koja je bila ideja koja je prošla kroz Belinha glavu? Bili su usred grma razbijeni od gadnih životinja koje bi ih mogle povrijediti. Osim toga, na nogama su bili trnje i šiljasto kamenje. Kako svaka situacija ima svoje stajalište, budući da je postojala jedina šansa da možete razumjeti sebe i svoje želje, nešto deficita u životima posjetitelja. Uskoro je vrijedilo avanture.

Sljedeće na pola puta, zaustavit će se. U blizini je bio voćnjak. Krenuli su prema raju. Aludirajući na biblijsku priču, osjećali su se komplementarno slobodnima i integriranima u prirodu. Kao i djeca, igraju se penjanja po drveću, uzimaju plodove, silaze i jedu ih. Onda meditiraju. Naučili su čim život stvaraju trenuci. Bilo da su tužni ili sretni, dobro je uživati u njima dok smo živi.

U sljedećem trenutku kupaju se osvježavajuće u priloženom jezeru. Ta činjenica izaziva dobra sjećanja na jednom, na najupečatljivija iskustva u njihovim životima. Kako je lijepo bilo biti dijete! Kako je bilo teško odrasti i suočiti se s odraslim životom. Živite s lažnim, lažima i lažnim moralom ljudi.

Nastavljajući dalje, približavaju se sudbini. Desno na stazi već možete vidjeti jednostavnu kolibu. To je bilo utočište najljepših, najtajanstvenijih ljudi na planini. Bili su nevjerojatni što dokazuje da vrijednost osobe nije u onome što posjeduje. Plemenitost duše je karakterna, u stavovima dobrotvornih organizacija i savjetovanja. Zato kažu sljedeću izreku, bolje da prijatelj na trgu vrijedi nego novac položen u banku.

Nekoliko koraka naprijed zaustavljaju se ispred ulaza u kabinu. Jesu li dobili odgovore na svoje unutarnje upite? Samo je vrijeme moglo odgovoriti na ovo i druga pitanja. Najvažnija stvar u vezi ovoga je bila da su bili tu za sve što dolazi i odlazi.

Preuzimajući ulogu domaćice, čuvar otvara vrata dajući svima ostalima pristup unutrašnjosti kuće. Oni ulaze u jedinstvenu taštu kabinu gledajući sve u velikom uređaju. Impresionirani su delikatnošću mjesta predstavljenog ukrasom, predmetima, namještajem i klimom misterije. Kontradiktorno, na tom mjestu bilo je više bogatstva i kulturne raznolikosti nego u mnogim palačama. Dakle, možemo se osjećati sretno i potpuno čak idu skromnim okruženjima.

Jedan po jedan smjestit ćete se na dostupnim lokacijama, osim Renatove kuhinje, pripremiti ručak. Početna klima sramežljivosti je slomljena.

"Volio bih vas bolje upoznati, djevojke. (Čuvar)

"Mi smo dvije djevojke iz Arcoverde Cityja. Oboje su se naselili u profesiji, ali gubitnici u ljubavi. Otkad me izdao moj stari partner, bio sam frustriran, priznao je Belinha.

"Tada smo se odlučili osvetiti muškarcima. Sklopili smo pakt da ih namamimo i iskoristimo kao objekt. Nikada više nećemo patiti. (Amelinha)

"Sve ću ih podržati. Upoznao sam ih u gomili i sada su nas došli posjetiti ovdje, i to je prisililo na izdanak interijera.

"Zanimljivo. Ovo je prirodna reakcija na razočaranja koja trpe. Međutim, to nije najbolji način da se slijedi. Prosuđivanje cijele vrste prema stavu osobe jasna je pogreška. Svaki ima svoju individualnost. Ovo tvoje sveto i besramno lice može stvoriti više sukoba i zadovoljstva. Na vama je da pronađete pravu poantu ove priče. Ono što mogu učiniti je podržati kao što je vaš prijatelj učinio i postati suučesnik u ovoj priči analizirao sveti duh planine.

"Ja ću to dopustiti. Želim se naći u ovom svetištu. (Amelinha)

"Prihvaćam i tvoje prijateljstvo. Tko bi rekao da ću biti u fantastičnoj sapunici? Mit o špilji i planini sada se čini tako . Mogu li zaželjeti želju? (Belinha)

"Naravno, draga.

"Planinski entiteti mogu čuti zahtjeve skromnih sanjara kao što se to dogodilo meni. Imajte vjere! motivirao je Sina Božjega.

"Tako sam u nevjerici. Ali ako tako kažeš, pokušat ću. Tražim uspješan zaključak za sve nas. Neka se svatko od vas ostvari na glavnim poljima života. (Belinha)

"Odobravam to!" Grmi dubok glas u sredini sobe".

Obje kurve su skočile na tlo. U međuvremenu, ostali su se smijali i plakali na reakciju obojice. Ta činjenica je bila više akcija sudbine. Kakvo iznenađenje! Nitko nije mogao predvidjeti što se događa na vrhu planine. Budući da je poznati Indijanac umro na mjestu zločina, osjećaj stvarnosti ostavio je mjesta nadnaravnom, misteriji i neobičnom.

"Kakva je to grmljavina bila? Zasad se tresem. (Amelinha)

"Čuo sam što je glas rekao. Potvrdila je moju želju. Sanjam li? (Belinha)

"Čuda se događaju! S vremenom ćete točno znati što znači reći ovo . "Uživao sam u gospodaru".

"Vjerujem u planinu, a i vi morate vjerovati. Kroz njeno čudo, ostajem ovdje uvjeren i siguran u svoje odluke. Ako jednom ne uspijemo, možemo početi ispočetka. Uvijek ima nade za one koji su živi. "Uvjerio je šamana vidovnjaka da pokazuje signal na krovu".

"Svjetlo. Šta to znači? u suzama, Belinha.

"Tako je lijepa, bistra i izgovorena. (Amelinha)

"To je svjetlo našeg vječnog prijateljstva. Iako fizički nestaje, ostat će netaknuta u našim srcima. (Čuvar)

"Svi smo ipak lagani na istaknute načine. Naša sudbina je sreća - potvrđuje vidovnjak.

Tu dolazi Renato i daje prijedlog.

"Vrijeme je da izađemo i nađemo neke prijatelje. Došlo je vrijeme za zabavu.

"Veselim se tome. (Belinha)

"Što čekamo? Vrijeme je. (Amelinha)

Kvartet izlazi u šumu. Tempo koraka je brz što otkriva unutarnju tjeskobu likova. Ruralno okruženje Mimoza pridonijelo je spektaklu prirode. S kojim biste se izazovima suočili? Bi li žestoke životinje bile opasne? Planinski mitovi mogli su napasti u bilo kojem trenutku što je bilo prilično opasno. Ali hrabrost je bila kvaliteta koju su svi tamo nosili. Ništa ne bi zaustavilo njihovu sreću.

Došlo je vrijeme. U timu za imovinu, bio je crnac, Renato, i plavokosa osoba. U pasivnom timu bili su Divine, Belinha i Amelinha. Formiran je tim; zabava počinje među sivom zelenom bojom iz seoskih šuma.

Crnac izlazi s Božanski. Renato Izlazi Amelinha i plavuša izlazi s Belinha. Grupni seks počinje razmjenom energije između šestorice. Svi su bili za sve. Žeđ za seksom i užitkom bila je zajednička svima. Varirajući položaji, svaki od njih doživljava jedinstvene senzacije. Pokušavaju analni seks, vaginalni seks, oralni seks, grupni seks među ostalim seksualnim modalitetima. To dokazuje da ljubav nije grijeh. To je trgovina temeljnom energijom za ljudsku evoluciju. Bez osjećaja krivnje brzo razmjenjuju partnera, što pruža višestruke orgazme. To je mješavina ekstaza koja uključuje skupinu. Provode sate eksajući se dok se ne umore.

Nakon što je sve završeno, vraćaju se na svoje početne pozicije. Bilo je još puno toga za otkriti na planini.

Kraj

www.ingramcontent.com/pod-product-compliance
Lightning Source LLC
LaVergne TN
LVHW012128070526
838202LV00056B/5916